媽媽的背影

李光福◎文
徐建國◎圖

【推薦序】李啟睿（自由編導及專業教師）

《媽媽的背影》之於我

《媽媽的背影》是一個五年級小女生的感人故事，閱讀這個故事以及寫序的過程中，令我回想起許多童年往事。

在我求學生涯中，最開心的階段無疑是國小四到六年級，那三年，我很幸運遇到一位很棒的老師，他不以分數和家境論斷學生，注重學科卻不忽略藝能課程與課外活動，包括各式球類運動、大量的遊戲、各種才藝競賽、豐富的戶外競技……我的童年就在這些多彩多姿的活動中度過。

最令我印象深刻的，是我們每周必須繳交兩篇作文，老師總是很用心的批改，然後替我們投稿。從我小四時寫的一篇〈轉學後的感想〉在《國語日報》登出後，我的文章就經常出現在報章上和徵文比賽中。五年級時，還因作文比賽得名而被總統召見入府受獎，寫作於是成為我一直以來的興趣和習慣。

因為老師提供我們適性發展的空間，使我很早就察覺自己在表演方面的興趣和潛力，之後順利走上戲劇創作與教學這條路。而那位影響我至深的老師，正是《媽媽的背影》的作者李光福老師，因此，能替這本書寫推薦序，我如沐老師之名，感到「光」榮，更覺得幸「福」。

我讀國小時，雖然老師已是眾多徵文比賽的常勝軍，但當時他的作品尚未進入書籍市場，直到二○○二年出版了第一本書，立即獲得好評與注目，於是持續創作出版，到了二○○八年，開始轉為量產，至今出版作品已達百餘冊，部分作品已譯成外語在海外及大陸發行，並與數家出版社合作，是公認的兒童與青少年文學暢銷作家。

在一次探望老師的閒談中，我提到想將老師的作品改編成舞臺劇，二○一四年六月，這個願望成真，我編導了老師的《漂亮媽媽醜女傭》，這是一次非常美好的回憶，對我而言，「帶領自己的學生演出自己老師的作品」就是一種傳承，我知道這不是唯一的一次，尤其臺灣劇場長期以來缺乏青少年劇本，李光福老師的眾多作品都極適合改成劇作上演，來日方長。二〇一四年八月，老師從我母校退休，開始他的全職寫作生涯，並且受邀至各地進行演講和師資培訓，不禁令人好奇他成為全職作家後的轉變，更加期待他的新時期、新作品。

文學以文字作為表達工具，讀者必須在消化文字後，自行在腦海中建構聲音和影像，這個過程能鍛鍊思考能力，更是培養創意和想像力的必備基礎。身處在數位時代，人們攝取故事以及獲得資訊的管道，從以往的小說散文、報紙雜誌轉變為電影戲劇動態新聞，這對已有閱讀習慣的中年以上的人們而言，因為性格與能力已經養成，所以影響並不大，但對於年輕人和孩童來說，從小若重影音輕閱讀便是災難。我在大學教授創作多年，發現最明顯的現象就是學生愈來愈缺乏創意，對付這項文明病，

「培養閱讀習慣」必是挽救年輕人想像力與創造力最直接的方法。

李光福老師作品的特色之一，便是閱讀時非常具有畫面，加上趣味性高，題材生活化，無疑是鍛鍊孩子的絕佳管道。當然，閱讀絕不僅僅是一項鍛鍊的工具，好的作品更能帶給我們愉悅的感受和寬廣的視野，就好比《媽媽的背影》，它是一個非常觸動人心的故事，而且真實發生在我們周遭，它的文字簡明、結構清晰，富教育意義，卻不流於說教，相當適合國中小學各年級學生閱讀，由於這個故事深入淺出、意境雋永，極具想像空間，成人閱讀起來，同樣十分享受。

我是李啟睿，向您推薦：《媽媽的背影》是個不讀可惜、讀到賺到的優質作品，別猶豫，趕緊把它帶回家，並動手翻開它吧！

【自序】

關於背影

「我與父親不相見已有二年餘了，我最不能忘記的是他的背影。」「……等他的背影混入來來往往的人裡，再找不著了，我便進來坐下，我的眼淚又來了。」「……在晶瑩的淚光中，又看見那肥胖的，青布棉袍，黑布馬褂的背影。」——這是朱自清寫的《背影》，國中以上的學生都會讀到的一篇膾炙人口的好文，四十多年前，當我從國文課本裡讀到這篇文章時，每讀一次，就「陪」著朱自清掉一次眼淚……

在成長的過程中，每個人都有看背影的經驗：初上小學，媽媽送你到學校後，她離去的背影；情竇初開時，隔壁班那個令你心儀的人，從走廊上經過的背影；走在路上，被人欺負或搶劫了，歹徒逃之夭夭的背影；情侶分手時，在雨中逐漸模糊的背影，還有隨時隨地從你身旁走過，男男女女、老老少少各種不同的背影，每個背影的背後，也許都藏有一個帶給人或喜、或怒、或哀、或樂的故事，《媽媽的背影》就是。

忘了是多久以前，電視報導過這樣一則新聞：一個從小沒有媽媽、和奶奶相依為命的小女孩，畫了一幅憑空想像的「媽媽的背影」參加母親節畫圖比賽，得了全鄉第一名，母親節頒獎典禮那天，主辦單位要每個得獎者送康乃馨給媽媽，小女孩無人可送，看到別的得獎者和媽媽相擁的情景，她觸景生情，當場哭了……

當時看了這則新聞，以及小女孩淚流滿面的樣子，我的心都快碎了，我想：如果那時我也在現場，一定會緊緊抱住小女孩……由於一直無法忘卻小女孩哭泣的畫面，後來我以那女孩為藍本，加油添醋的寫了《媽媽的背影》這個故事，藉此告訴一些失親或單親的孩子們，不要因為你的成長和生命中有所缺憾，而傷心喪志，更要告訴許多大人們，不要因為你的意氣用事、感情決定，而製造出更多像《媽媽的背影》裡的白麗娟這樣的可憐孩子。

之前當老師的時候，每天放學時，我總會站在教室門口，看著一個個孩子離開的背影，有些背影的背後，真的就藏有一個故事，我總會為那一個故事而心疼那個背影的主人。

曾經教過一個背景和故事裡的白麗娟類似的女生（當時是一年級），她每天的早餐是不變的一瓶牛奶，聯絡簿都由姐姐（五年級）簽名。有一次，她連發了三天的燒，第一天、第二天，我和她奶奶聯繫了，都沒有人帶她去看醫生。第三天，我想：

如果再沒有人帶她去看醫生，那就由我帶她去吧。第三天早上，她來上學時，燒退了，因為常常不回家的爸爸帶她看過醫生了。

寫完《媽媽的背影》這個故事，由衷的祈禱每個孩子都能在家庭背景沒有缺憾的情況下，快快樂樂的成長，更希望正處在缺憾環境中的孩子們，多多吸收正向能量，開心的迎接每一天的陽光，創造幸福的未來！

目錄

生日蛋糕

走出房間，迎面而來的是一屋子的靜謐，阿媽應該又到荔枝園工作去了。園裡的荔枝，已經接近採收期，那是阿媽和我賴以維生的經濟來源，她當然非細心照顧不可。

家裡，除了阿媽，沒有其他的大人，她的忙碌，我絕對能感同身受！

廚房裡的餐桌上，放著阿媽幫我準備的早餐——一碗蛋炒飯、一罐醬瓜罐頭。蛋炒飯是用昨晚的剩飯炒的，醬瓜罐頭是在雜貨店買的，雖然我已經吃了好幾百遍了，因為是阿媽親手炒的，我連一句「吃膩了」也

福

不敢說。

匆匆忙忙吃了早餐，我背起書包，提著餐袋，把門鎖上，在心裡說了聲「阿媽，我去上學了。」，就往學校出發。

鄉間的早晨是很優閒的，除了下田、到果園工作的農人，出現在眼前的，都是趕著上學的學生，高中生、國中生，還有像我這樣的小學生。

我獨自走著，前方不遠處，出現了一個熟悉的背影，是張智誠，他牽著妹妹也往學校的方向走。想不到這個平常既調皮又惹人厭的張智誠竟然是個「好哥哥」，真令我感到意外！

忽然，一輛機車從我背後疾駛而過。我抬頭一看，後座坐的是郭淑婷，啊！好好喔！她可以讓家人載著上學！這種情形根本不可能發生在我身上。

記憶中，除了剛上一年級的前兩天，由阿媽帶我上學外，四年多來，我都是自己走路上學、走路回家。幸好學校離家不遠，路上也沒什麼車輛，上學、回家這兩趟路，我把它當成散步，一散，就散了一千多個日子。

來到教室，我把書包放下，餐袋掛好，坐在座位上，靜靜的看著同學們的一舉一動。

旁邊的椅子被拉開了，轉頭看看，是小公主羅雅芝來了。她書包都來不及放下，就急著和前座的郭淑婷講話——我是羅雅芝的鄰座，她不先和我講話，反倒和前座的郭淑婷講，是不是很奇怪？

一點也不奇怪！羅雅芝是天鵝，我是醜小鴨，在天鵝眼中，醜小鴨算什麼？

「淑婷，今天是我的生日耶！」羅雅芝興高采烈的說。

「真的呀？祝你生日快樂！」郭淑婷說。

「告訴你喔！午餐後，我媽會送兩個蛋糕來，要分給全班吃。」

「真的？那我午餐要少吃一點，把胃空下來裝蛋糕。」郭淑婷拍著手。

蛋糕？哇！真好！只是過個生日，羅雅芝的媽媽就要送蛋糕來給全班吃，那晚上……她不就要大張旗鼓的慶祝了？

羅雅芝的爸爸是醫生，在鄉裡

開了一間診所，由於是唯一的一間，不管男女老少，只要生了病，一定會去報到，診所的「生意」很好，想必賺了不少錢，所以羅雅芝才會是小公主，過個生日，都要請全班吃蛋糕。

印象中，我好像沒過過生日，蛋糕就更別提了。好像有那麼一、兩次，阿媽突然想起，煮了雞蛋麵線幫我「慶祝」而已。唉！這就是醜小鴨和天鵝的差別！

既然中午有蛋糕可吃，我決定像郭淑婷一樣，午餐少吃一點，把胃空下來裝蛋糕。

雖然過生日的是羅雅芝，我卻興奮得不得了，一整個上午，都在殷切的期待著。光想像著蛋糕的香甜、滿嘴的奶油，我就不知流了幾公升的口水。如果每天都有同學過生日，每天都有蛋糕吃，那……我不就變成「人乾」了嗎？

啊！時間過快一點吧！蛋糕快送來吧！

好不容易捱到午餐時間，雖然菜色不錯，香味撲鼻，我早已決定把胃空下來裝蛋糕，所以只吃了幾口，就忍住不吃了。

羅雅芝的媽媽提著兩個蛋糕出現了，和老師一陣交頭接耳後，留下蛋糕，人就離開了。看到蛋糕，沒等老師提醒，同學們就十萬火急的收拾、整理，然後很有默契的坐在座位上等。

《生日快樂》歌唱完，羅雅芝切了蛋糕，在老師的協助下，同學們拿著餐盒，依序排隊分蛋糕。

分到蛋糕，回到座位，我拿起湯匙，正準備大快朵頤，看著餐盒裡的蛋糕，我想到了阿媽，於是我停下了動作。我沒吃過蛋糕，印象中，阿媽也沒吃過蛋糕，如果現在我吃了，那阿媽……想著想著，我挖了一匙奶油塞進嘴裡，然後蓋上餐盒，趁著同學不注意，把餐盒放進抽屜，決定將蛋糕帶回家給阿媽吃。

嘴裡含著奶油，鼻子聞著香甜的味道，再看著同學們吃得津津有味的樣子，我開始後悔了——剛才午餐應該吃飽才對！想到午餐，不爭氣的肚子開始「咕嚕咕嚕」的叫起來。唉！真是後悔莫及！

分完蛋糕，羅雅芝回到座位，「麗娟，這塊給你。」的聲音傳了過來。我抬頭看看羅雅芝，再低頭看看——羅雅芝雙手捧著蛋糕盒的底盤，盤上有一塊蛋糕。

「我……剛才已經……分到了。」我不知所措。

羅雅芝笑笑說：「我知道你分到了，也看到你放進抽屜了，要帶回去給你阿媽吃對不對？這塊給你吃。」

「啊！不……不用了！一……一塊就夠了。」我吞吞吐吐的。

「這塊是我的份，拿去沒關係，晚上我還有的吃呢！」羅雅芝繼續笑著。

我看看蛋糕，再看看羅雅芝，伸手接過底盤，低聲說了謝謝，拿湯匙一小口、一小口的吃著，我吃得很彆扭，吃得很不好意思。

再吃一口，我偷偷瞄了瞄身旁的羅雅芝。她不但外在美，內心也很美，真的是一個很美的小公主！

改天，阿嬤採收荔枝時，我一定要送一些給羅雅芝，回報她的「蛋糕之恩」！

荔枝園

放學了，我跟著路隊走出校門。學校的規模雖然不大，放學時間，校門口卻擠滿了人，等著家人接的、停下來聊天的……一時之間，人聲鼎沸。

郭淑婷跨上機車後座，被家人接走了。羅雅芝的媽媽站在轎車旁，不停的向她招手，羅雅芝

雀躍著鑽進車裡，看得出她很興奮，應該是趕著回去慶生吧！用機車載、坐轎車這兩種情形，絕對不可能發生在我身上，所以我很認分的邁開腳步，往家的方向走。

張智誠和他妹妹又出現在我前方，兩個人有說有笑的。我一時好奇，悄悄的跟在後面，聽他們在聊些什麼。

一陣涼風吹過，抬頭一看，

不知什麼時候開始的，天空中布滿了烏雲，一副快要下雨的樣子。於是，我加緊腳步，超越了張智誠和他妹妹，快步往前走。我之所以加快腳步，除了擔心下雨，另一個原因，是要急著回家，把蛋糕拿給阿媽吃。

說到蛋糕，我不得不佩服羅雅芝。中午，她忙著切蛋糕、分蛋糕之際，竟然注意到我把蛋糕放進抽屜，還看出了我心裡打的主意，真是不簡單呀！

區區一塊蛋糕，對羅雅芝來說，可能微不足道，卻可以滿足我和阿媽的口腹之欲，說真的，我非常、十分、格外、特別感謝羅雅芝！在學校時，忘了向她道賀，現在，我要誠心誠意的說「羅雅芝，祝你生日快樂！」

興匆匆的回到家，門卻鎖著，我知道，阿媽又到荔枝園去了。我開了門，把書包一放，提著餐袋，再把門鎖上，急著把蛋糕送到荔枝園給阿媽吃。

其實，我可以等阿媽回來再拿給她吃，但餐盒裡的蛋糕已經悶了一個下午，再悶下去，萬一酸了，不但阿媽吃不到，我所有的心血也就白費了。

荔枝園在家後方的山坡上，對我來說，這樣的距離根本算不了什麼。但因為我走得很急，所以喘得特別厲害，途中還停下來休息了一、兩次。

山坡上那片荔枝園，本來由阿媽和阿公兩個人一起照顧。一年多前，阿公罹患癌症去世了，照顧荔枝園的工作，就由阿媽一肩扛起。

一個老婦人要照顧那麼大一片荔枝園，是很吃力的，可是，阿媽卻咬緊牙根撐了下來。雖然我常常跟著到園裡幫忙，幫得上忙的地方卻很有限，阿媽真的很辛苦、很偉大！

去年的這個時候，荔枝大豐收，價錢跌得很慘，附近種荔枝的農家都呼天搶地。阿媽雖然沒有呼天搶地，眉頭卻深鎖了好一陣子……

氣喘吁吁的來到荔枝園，我停下腳步，調整呼吸，才不會被阿媽看到我的糗態。一邊找，我一邊「阿媽」「阿媽」的叫，終於聽到阿媽「我在這裡」的回應。

循著聲音傳來的方向，我找到了阿媽。一看到我，阿媽說：「麗娟，你不待在家裡寫作業，來這裡做什麼？」

我提起餐袋，說：「拿蛋糕來給你吃呀！」

「蛋糕？哪兒來的蛋糕？」阿媽問。

「今天有同學過生日，她媽媽送蛋糕來分給同學吃，我特地留了一塊給你。」我一邊說，一邊打開餐盒，把蛋糕拿到阿媽面前。

阿媽看看蛋糕，說：「你留著自己吃吧！」

「我已經吃過了，這塊是留給你的。」

「你吃！」阿媽把蛋糕推過來。

「不行！你吃！」我把蛋糕推過去。

就這樣，兩個人推來推去的打起了「太極拳」。最後，我用手指挖了一坨奶油，塗在阿媽的嘴上。她沒辦法了，只好乖乖就範。

趁著阿媽吃蛋糕的時候，我站起身子，假裝伸懶腰，手卻順勢摘下一顆荔枝，轉身剝了殼，偷偷塞進嘴裡。嗯！又甜又多汁，真不愧是頂頂有名的「玉荷苞」！

「阿媽，你看……今年的價錢好不好？」

阿媽吞下嘴裡的蛋糕，說：「還沒開始賣，我哪知道？不過，應該會比去年好一點吧！」

「我希望不只比去年好一點，還要好很多！」我祈禱似的說。

阿媽吐了一口氣，說：「哎！真如你所說的，那就好囉！」

幾滴雨水從空中飄了下來，阿媽說：「下雨了，快回家吧！等一下雨下大了，你就回不了了。」

「好，阿媽，你也早點回家喔！」我站了起來，轉身就走。

「下山小心喔！」

「我知道！」

才走沒多遠，大雨就像水庫洩洪似的傾洩而下，我沒帶雨具，也沒地方躲雨，只好淋著雨走下山。忽然，我想到了阿媽。她有沒有帶雨衣？如果沒有，不就會像我一樣，淋個落湯雞嗎？啊！希望阿媽有帶雨衣！

回到家，我全身上下滴著水，還不停的打冷顫。

回房換了衣褲，擦了頭髮，我拿出作業，專心的寫著。其實我一點也不專心——我一面寫，一面聽著嘩啦嘩啦的雨聲，還不時轉頭向外看，看阿媽回來了沒有，心中還不停的祈禱雨快停，阿媽下山時，路才好走些。

在我的一心多用下，作業終於寫完了，阿媽卻還不見人影。我走進廚房，先洗米煮飯，再挑菜洗菜，把東西先準備好，阿媽回來後，才不至於手忙腳亂。

等了好久，阿媽終於回來了，她和我一樣，全身上下不停的滴著水。我看了，立刻拿一條毛巾給阿媽。

阿媽一邊擦著臉上的雨水，一邊說：「我以為帶了雨衣，找了半天，才發現根本沒帶。唉！老了，記性不好了。」

趁著阿媽回房換衣服，我再次進到廚房，把準備好的菜丟進鍋裡炒。我炒了兩道青菜，加上早上吃剩的醬瓜罐頭，三道菜，夠我們祖孫倆吃了。

我和阿媽對坐著吃飯，外頭，雨還是嘩啦嘩啦的下著……

有媽媽真好

一早起來，我就覺得不太對勁，頭重腳輕，渾身無力，跟之前起床後的感覺完全不一樣！哎呀！糟了！會不會是昨天淋了雨，感冒了？拜託，千萬別是才好！

走出房間，迎接我的，依舊是一屋子的靜謐。我想叫阿媽，告訴她我很難受。可是阿媽早就去荔枝園了，除非到荔枝園找她，不然，任憑我叫啞了喉嚨，她也聽不到。我也不想讓阿媽擔心，只好忍著難受，照常去上學。

廚房的餐桌上，放著一碗蛋炒飯和一盤昨晚吃剩的青菜，可是我一點胃口也沒有，背了書包，提了餐袋，把門鎖上，就往學校出發。

走在同一條路上，以往，我總是以愉悅的心情，欣賞著路旁的花草樹木、想像著每個路人的故事，優閒自在的上學。今天，我一點閒情逸致都沒有，我唯一擔心的，是有沒有辦法順利走到學校，因為我頭腦一片空白，直想躺下來睡覺。

一陣晨風吹來，我突然覺得好冷，直覺告訴我：我有發燒的現象！

好不容易來到教室，我把書包放下，餐袋掛好，連同學們的一舉一動也不觀察了，直接往桌面趴了下去。旁邊的椅子被拉開了，我知道，羅雅芝來了，我連抬頭看她一眼的力氣都沒有，繼續趴著。

「麗娟，你怎麼了？」羅雅芝的聲音響起。

「我……有點不舒服。」我勉強的答。

「你……哪兒不舒服？嚴重嗎？」羅雅芝又問。

「還好，休息一下就好了。」

聽了我的回答，羅雅芝沒再繼續問，和前座的郭淑婷聊了起來。

教室裡忽然靜了下來，想也知道，應該是老師來了，不然，同學哪可能這麼自動自發？

既然老師來了，我勉強打起精神，抬起頭，坐正身子，萬一老師看到我大清早就趴在桌上，也許會說「白麗娟，你昨晚做了什麼偷雞摸狗的勾當了，才會睡眠不足？」

記得有一次，張智誠上課打瞌睡，老師就是這樣說他，讓同學們笑得東倒西歪。有了張智誠的前車之鑑，就算再難受，我也要撐起來。

可是，我真的很不舒服，眼皮也愈來愈重，忍不住又趴下去。趴了一會兒，有隻手伸過來摸我的額頭。我知道不是老師，她並不知道我不舒服。接著，羅雅芝的聲音響起：「老師，白麗娟的額頭很燙，應該是發燒了。」

羅雅芝真不愧是醫生的女兒，她一摸，就知道我發燒了，真是厲害！

「白麗娟，你怎麼了？哪裡不舒服？」老師的聲音在我身旁響起。

我勉強抬起頭，有氣無力的說：「我……頭暈、想睡覺，全身上下都……不舒服。」

老師跟著摸摸我的額頭，說：「哎呀！好燙呀！你阿媽在不在家？我打電話叫她來帶你去看醫生。」

「我阿媽……去荔枝園了，應該……不在家。」我軟綿綿的說。

老師沒把我的話當作一回事，拿出手機，按起了號碼。接連按了兩、三次，她收了手機，說：「沒人接電話，你阿媽不在家。」

阿媽不在家？我當然知道！剛才不是說過了嗎？阿媽在荔枝園裡！是老師不把我的話當作一回事的。

聯絡不到阿媽，老師叫羅雅芝和郭淑婷一左一右扶起我，把我送到健康中心。護士阿姨先幫我量了體溫，又聽老師說聯絡不到阿媽，就叫我躺在床上睡冰枕。

老師和羅雅芝、郭淑婷回教室後，留我一個人孤零零的躺在健康中心，感覺真的很孤單、很無助。這時我才發現：有媽媽真好！

上次郭淑婷發燒，老師才打完手機，她媽媽就十萬火急的趕到學校，又十萬火急的帶她去看醫生。同樣發燒的我，不但沒人帶我去看醫生，還要一個人忍著孤單、忍著無助的躺在健康中心睡冰枕……

想到這裡，我想到了媽媽。如果媽媽還在，相信她一定也會十萬火急的趕到學校、十萬火急的帶我去看醫生；如果媽媽還在，我過生日時，相信她一定也會送兩個蛋糕來分給同學吃……

只可惜……唉！媽媽長得什麼樣子，我一點印象也沒有：媽媽人在哪裡，我完全不清楚，媽媽……想著想著，我忍不住鼻子發酸，眼眶發熱……

隱隱約約中，我聽到阿媽說話的聲音，睜眼一看，啊！阿媽來了！阿媽終於出現了，我彷彿找到靠山，孤單和無助頓時少了許多。

「老師，還好你請工友先生到山上找我，不然，我還不知道麗娟發燒了呢！」阿媽說。

喔！原來是老師託工友伯伯去荔枝園找阿媽，阿媽才會出現，老師真聰明呀！

「幸好工友先生找到了你，不然，我也不知道該怎麼辦呢！」老師說。

「老師，真是謝謝你。」

「別客氣了。對了，昨天不是還好好的，怎麼今天突然生病了？」老師問。

「大概是淋了昨天傍晚那場雨吧！」阿媽說。

「你來了，我就放心了，趕快帶麗娟去看醫生吧！」

我下了床，跟著阿媽走出健康中心，讓她帶我到鄉裡唯一、羅雅芝她爸爸開的診所報到。

羅雅芝的爸爸人很好，不但很親切、很仔細的為我看診，結帳時，還交代櫃檯小姐不要收我的掛號費。

我很驚訝，也很意外。是因為我是羅雅芝的同學，他才不收掛號費？還是看我們只有一老一小？哎！別管那麼多了，反正羅雅芝人很好，她爸爸人也很好，我由衷的感激他們就是了。

回家途中，阿媽說：「昨天如果你不要去荔枝園，就不會生病了，哎！」

聽了阿媽的話，我心裡一陣歉疚。是啊！昨天我沒有去荔枝園，就不會淋雨；沒有淋雨，就不會發燒；沒有發燒，就不會浪費一筆醫藥費……

夢

回家後，阿媽叫我把藥吃了，然後去睡覺。我看了看藥包上的使用說明，說：「阿媽，上面說要『三餐飯後和睡前吃』。」

「你就吃呀！早餐不是剛吃過沒多久！」

「可是我……早上不舒服，沒有……吃。」我吞吞吐吐。

阿媽回頭看我一眼，什麼話也沒說，轉身進去廚房。我知道，她要去熱飯菜給我吃。

不一會兒，「麗娟，吃飯！」的聲音從廚房傳來。我進到廚房，低頭看看，餐桌上依舊是早上的炒飯和剩菜，唯一不同的，是變熱了。我還是沒什麼胃口，扒了兩口飯，吃了一口菜，就停下筷子。

「吃完呀！」阿媽說。

「我……吃不下！」

阿媽看看我，輕輕吐了一口氣，說：「那就去吃藥，吃了藥，去睡覺。」

吃了藥，我躺在床上，卻怎麼也睡不著。在學校時，我一直想睡覺，現在可以安心睡了，卻反而睡不著，怎麼會這樣呢？

說到學校，我真的好感謝羅雅芝，若不是她摸我額頭、報告老師，我現在應該還趴在教室的桌子上，忍著全身上下的不舒服呢！羅雅芝真是個好人，她雖然是小公主，卻沒有公主的驕氣。還有她爸爸也是好人，他沒有收我的掛號費！

迷迷糊糊中，「麗娟！麗娟！媽來看你了！」的聲音在耳邊響起。

睜眼一看，面前站著一個陌生婦人，我問：「你……是什麼人？」

「我？我是你媽媽呀！你不認得了？」婦人笑著說。

媽媽？我從小就沒見過媽媽，哪認得媽媽是什麼樣子？又怎能相信眼前這個陌生婦人就是媽媽？

「媽媽」看我一臉不相信，又說：「我叫楊萍，你去看看戶口名簿的母親欄，是不是寫著『楊萍』？」

楊萍？是呀！我戶口名簿的母親欄的確是「楊萍」！這麼說，眼前這個陌生婦人真的是媽媽囉！

媽媽摸摸我的臉，說：「孩子，對不起，因為發生一些事，我不得不離開你，你要原諒媽媽。」

我一句話也沒說，靜靜享受著被媽媽摸臉的感覺。忽然，媽媽驚叫：「哎呀！你的臉怎麼這麼燙？」

「我……生病發燒了，剛才阿媽已經帶我去診所看過醫生了。」

「診所！生病怎麼能到診所看？」媽媽再次驚叫：「起來起來！我帶你去大醫院看，大醫院的醫師醫術比較好！」媽媽二話不說，就把我從床上拉起來，也沒有知會阿媽，就帶著我出門了。

看完病後，媽媽說明天是我的生日，又帶我到一間超大的蛋糕店，買了兩個比羅雅芝她媽媽送的還大的蛋糕，要我拿回家放著，明天帶到學校分給同學吃。

看著媽媽買的兩個大蛋糕，我心滿意足的笑了，啊！有媽媽真好！

她果真十萬火急的帶我去看醫生，還幫我買了兩個生日蛋糕。真的，有媽媽真好！

回到家，阿媽一看到媽媽，立刻變了臉，變得連五官都擠在一起了，然後指著媽媽，像潑婦罵街那樣的大罵起來，什麼壞女人啦、太過絕情啦……等等的。

眼前的兩個女人，一個是阿媽，一個是媽媽，我不知該靠到哪一邊，只能靜靜的看著阿媽罵媽媽。

忽然，阿媽伸手搶下媽媽手中的蛋糕，一個丟在地上，丟得稀巴爛。我還來不及喊「我的蛋糕」，另一個蛋糕已經砸在媽媽臉上，砸得媽媽滿臉都是奶油。

突然間，媽媽的臉變了，變得很猙獰，變得我都認不出來了，然後張牙舞爪的撲向阿媽。看到這一幕，我嚇壞了，忍不住「啊」的尖叫起來。

「麗娟，你亂叫什麼？」

我連忙睜開眼睛，四處張望，只見床邊坐著阿媽，根本沒有媽媽的人影。

「你亂叫什麼呀！」阿媽說。

「我……我做了一個……噩夢！」我心虛的說。

「做夢？你睡太飽了啦！快起來！起來吃飯、吃藥。」阿媽說。

睡太飽？看看床頭的鬧鐘，哇！兩點多了！算一算，我足足睡了四個多小時，難怪阿媽會說我睡太飽！

「我去把飯菜熱一熱，你趕快過來吃，吃了飯好吃藥。」說完，阿媽沒等我有什麼反應，轉身走出房間。

進到廚房，阿媽已經熱好了飯菜，低頭看看，不是早上的炒飯和青菜，而是全「新」的，我猜，炒飯和青菜大概在阿媽的肚子裡了吧！

我一口一口的扒著飯，嚼著菜，阿媽坐在旁邊陪著我、看我吃。我被阿媽看得很不好意思，努力找話題來化解我的不好意思。

「阿媽，你……沒有去荔枝園工作呀？」我好不容易找到話題。

阿媽看我一眼，說：「工什麼作？你燒成這個樣子，我哪放得下心？哪有心思去荔枝園？」

阿媽這麼一說，我滿心歉疚，絞盡腦汁找到的話題，怎麼也接不下去了，只好默默繼續扒飯、吃菜。

飯吃了，藥也吃了，阿媽摸摸我的額頭，臉色一緩，說我的燒已經退了，叫我一個人乖乖待在家裡，她要去荔枝園看一看。

聽到阿媽要去荔枝園，看得出她還是牽掛著那些即將採收的荔枝，畢竟那是阿媽和我賴以維生的經濟來源呀！想到這裡，我的歉疚感又出現了……

阿媽出門了，看著她的背影，我心裡很不忍，也很不捨。從小，我就是由她照顧長大，阿公去世後，她還得照顧荔枝園。如果爸爸在，媽媽也在，阿媽就不用擔負這麼重的擔子了！

說到媽媽，我想到剛才做的夢。夢裡，媽媽說發生了一些事，如果夢是真的，那「一些事」是哪些事？如果夢是真的，阿媽為什麼要罵媽媽，還罵得那麼凶？

圖文比賽

把書包放下，餐袋掛好，我一屁股坐下來，兩眼緊盯著門，等羅雅芝來。說曹操，曹操到，才說到羅雅芝，她就出現了。我像行注目禮那樣看著她走進教室，祈禱著她不要先和郭淑婷講話。

果然心誠則靈，羅雅芝坐下後，並沒有像往常那樣先和郭淑婷講話。我逮著機會，說：「雅芝，謝謝你！」

「謝我？你謝我什麼？」羅雅芝顯得很意外。

「謝謝你……昨天報告老師我發燒了。」我不好意思的說。

「喔！那件事呀！只是舉手之勞啦！」羅雅芝一邊說，一邊俏皮的

摸摸自己的額頭。

「雖然是舉手之勞，我還是要謝謝你。」

羅雅芝揮了一下手，說：「哎呀！別再謝了！我們可是同學耶！」

我看看羅雅芝，微微笑一笑，沒再說下去。羅雅芝也沒有再理我，一如往常的轉頭和郭淑婷聊天。

羅雅芝雖然和我坐在一起，

兩個人除了該有的基本互動，平常並沒有什麼交集，今天算是火花迸出較多的一次，對向來很少在同學面前開口的我來說，算是極為難得的了！

羅雅芝和郭淑婷嘰哩呱啦的說著，我靜靜的在旁邊「偷」聽。

羅雅芝告訴郭淑婷，明、後兩天是周休假日，她爸媽要挑一天，帶她搭乘高鐵到臺北參觀一〇一大樓。郭淑婷聽了，羨慕得眼珠子都凸了出來，「我也好想坐高鐵去臺北看一〇一大樓喔」的嚷著。

高鐵？一〇一大樓？我只有在電視上看過，說真的，我也好想親身去體驗看看呢！

羅雅芝的爸爸是醫生，家中經濟比較寬裕，想去哪兒，當然就可以去哪兒。我呢，阿媽是個農婦，家裡的經濟得靠荔枝園裡的荔枝決定，想去哪兒，只能腦子裡想想，嘴巴說說，所以我只能眼珠子差點凸出來的說：坐高鐵、參觀一〇一大樓，等我長大後，自己有能力賺錢再談吧！

上課鐘響完，老師拿著一疊圖畫紙走進教室，當下就一人一張的發給同學。我看著圖畫紙，心裡很納悶：這節不是國語課嗎？老師發圖畫紙做什麼？難道要改上美勞嗎？

我才剛想完，張智誠就大聲問：「老師，這張圖畫紙是要做什麼的？」

老師說：「母親節快到了，鄉公所和同濟會聯合舉辦一項『我的媽媽』圖文創作比賽，圖畫紙是給你們畫圖和寫短文用的。」

「老師，一定要參加嗎？不參加可不可以？」張智誠又問。

我就知道張智誠會這麼問，這傢伙最懶了，平常上美勞課畫圖時，老師總笑他畫的不是「土石流」，就是「颱風過後」，還常把他的圖畫拿來當作錯誤的示範！

老師白了張智誠一眼，鏗鏘有力的說：「校長規定：鄉裡只有四所小學，如果作品件數送得太少，會丟學校的臉，所以每個人都要交作品，不可以不參加！」

停了一下，老師又補充說明：萬一得獎的話，第一名有一千元獎金，就算是佳作，也有兩百元獎金……

聽到有獎金，教室裡起了一陣小小的騷動，同學們七嘴八舌的竊竊私語起來。

老師還說：比賽的主題是「我的媽媽」，所以圖畫紙的正面要畫媽媽的像，背面要寫一篇一百五十字左右的短文，圖和文都列入評分範圍，如果想得名、拿獎金，圖要好好畫，短文要好好寫……

「只能畫媽媽一個人嗎？能不能加進其他的人？」張智誠又問。

「我想……應該可以吧！」老師答。

「那我可不可以畫我媽媽打我？」張智誠才問完，全班一陣哄堂大笑。

這個既調皮又討人厭的張智誠，在家一定常常被他媽媽打，所以他才會有這麼直覺的反應，真是糟糕呀！

「當然可以呀！」老師瞪著張智誠說：「如果你不怕破壞你媽媽的形象，如果你不擔心你媽媽在鄉裡被人指指點點，你就畫吧！」

張智誠聽了，沒敢再問下去，臉一垮，就一屁股坐了下來。

最後，老師又交代同學，利用周休假日這兩天，好好的畫，認真的寫，下星期交作品，不准有人缺交，再提醒同學把圖畫紙收好，就開始上課了。

下課後，同學們三五成群的圍在一起，討論要畫什麼內容，有人說「我家開商店，我要畫我媽媽賣東西。」，有人說「我媽媽很喜歡跳舞，我要畫她跳舞的姿態。」」，還有人說「我媽媽太胖了，我想把她畫瘦一點。」」……

「雅芝，你想怎麼畫你媽媽？」郭淑婷問。

「我還沒想到耶！你呢？」羅雅芝反問。

郭淑婷說：「我想畫我媽媽騎車載我的樣子，因為她每天騎車載我上下學。」

聽到羅雅芝和郭淑婷互相問要畫什麼，我立刻站了起來，轉身就往教室外走去——她們一個坐在我旁邊，一個坐在我前方，我很怕她們問來問去，最後問到我。所以，我只好三十六計——走為上策！

同學們都已經決定好要怎麼畫媽媽了，我呢？

題目是「我的媽媽」，可是我從小就沒見過媽媽，更別說對媽媽有什麼印象，要畫什麼？該怎麼畫？唉！這項比賽不是擺明要找我的麻煩嗎？

忽然，我靈光一閃，就畫昨天夢裡的媽媽吧！我趕緊閉上眼睛，絞盡腦汁的想著昨天夢裡媽媽的影像。想了老半天，影像一直是模糊的，根本不可能畫出來。我開始後悔昨天在夢裡為什麼不把媽媽看清楚一點了……

「要畫什麼？該怎麼畫呢？真是頭痛呀！」

我一直想、一直想，想到上課鐘聲響起，才暫時停住不想。

媽媽的長相

走出校門後，我停下腳步，觀看校門口的形形色色。

郭淑婷一個箭步跨上機車後座，被她媽媽載著揚長而去。羅雅芝的媽媽沒有開轎車來接她，她和班上其他同學結伴走了。

一輛載水果的「噗噗車」停在路邊，駕駛座坐著一個阿公，伸長脖子向校門口張望著。忽然，阿公高舉起右手，不停的揮動著。不久，有個小男生飛奔過去，吃力的爬上後斗，引擎發動後，車子「噗」「噗」「噗」的往前移動。

載水果的「噗噗車」也能載人？當然！在鄉下地方，只要是

「車」，都可以載人，只要遵守交通規則，即使遇到了警察，頂多只是被提醒一聲「小心一點」，偶爾，還會得到一個親切的問候，因為鄉下地方的警察都是很愛民的。

觀看了一陣子，我覺得該回家了，於是轉過身子，邁開腳步，往家的方向走。走著走著，張智誠又牽著他妹妹出現在我前方。看著張智誠，「我可不可以畫我媽媽打我」的聲音又在我耳邊響起。

張智誠的媽媽打他時，是什麼樣子？張智誠被她媽媽打時，又是什麼樣子？他會不會哭？我絞盡腦汁的想像著，卻想不出具體的畫面來。

從小到大，我頂多被阿媽念一念，從來沒被阿媽打過，要我憑空想像出被打的樣子和被打的滋味，真的很難！

再看看張智誠和他妹妹一眼，我心裡想：他每天都很盡責的帶妹妹上下學，是個「好哥哥」，怎麼可能被他媽媽打呢？哎！算了！能被媽媽打，也是一種幸福，像我，想體驗一下被媽媽打是什麼滋味，都還沒機會呢！

回到家，門依舊鎖著——阿媽還沒回來。我開了門，喝了幾口水，拿出課本和簿子，專心的寫著作業。

寫完，收拾簿本時，我看到那張捲著、塞在書包縫隙的圖畫紙，「要畫什麼？該怎麼畫？」又開始在腦海裡盤旋起來。盤旋過來，盤旋過去，就是盤不出個所以然，最後，我決定問阿媽，阿媽應該知道媽媽長得什麼樣子。

才說到阿媽，阿媽就出現了。我迎了上去，說：「阿媽，你回來了！」

阿媽沒有回答我，卸下背上的籃子，從籃子裡拿出一小把荔枝，說：「來，這些給你吃。」

看到荔枝，我伸手接了過來，忘了要問阿媽媽媽長得什麼樣子，歡天喜地的往門前一坐，就剝殼吃了起來。

嗯！真是又甜又多汁！再吃一顆，同樣是甜又多汁！這麼甜又多汁的荔枝，今年如果賣不到好價錢，老天爺就真的沒長眼睛了！

一眨眼的工夫，整把荔枝全都裝進了我的肚子。我舔舔嘴唇、舔舔嘴巴，都是荔枝的甜味，阿媽種的荔枝果然好吃！

一陣子之後，阿媽叫吃飯了，我進到廚房，和阿媽相鄰而坐，一起吃晚餐。吃了幾口，我突然想起的說：「阿媽，老師叫我們參加一項畫圖比賽，第一名有一千元喔！」

「那你就認真畫呀！看能不能把一千元拿回來。」阿媽邊嚼邊說。

「可是……我不會畫！」我壓低聲音。

阿媽吞下嘴裡的飯菜，說：「你都讀五年級了，怎麼不會畫！你在學校是怎麼學的？」

「我當然會畫呀！我說的不會畫，是因為比賽題目是『我的媽媽』，我又沒有……看過媽媽，才……不會畫。」我愈說愈小聲。

阿媽眉頭忽然一皺，斜看了我一眼，自顧自的吃著飯，沒有再開口。

「阿媽，你能不能告訴我，媽媽長得什麼樣子？」我滿懷希望的問。

「別提那個女人！我不想提到有關那個女人的事！」阿媽的口氣冷

淡而有力。

「你不告訴我媽媽長的樣子，我的圖就畫不出來了呀！」我不死心的說。

「那就不要參加比賽了！」阿媽的口氣很堅定。

不要參加比賽！這怎麼可以？老師說一定要參加呀！

連阿媽都敢違抗老師的規定說「不要參加比賽」，我只好失望的繼續吃飯，不敢再要求下去。

大概是看到我滿臉失望的表情吧，阿媽臉色一緩，輕咳一聲，說：「那個女人……長得很醜、很難看，你如果畫了，一定不會得名。」

欸！阿媽很過分喔！她說媽媽長得很醜、很難看，我是媽媽生的，身上遺傳著媽媽的部分基因，那我也……很醜、很難看囉！阿媽真的很過分！

阿媽似乎沒有發現我的不滿，又說：「而且……經過這麼多年了，她長得什麼樣子，我也忘得一乾二淨了，你真的要我說，我也說不出來啊！」

說不出來！怎麼可能？就算媽媽一嫁給爸爸就懷孕，然後生下我，也要九個多月的時間，阿媽至少和媽媽相處了九個多月。九個多月已經足以讓人對事物留下深刻的印象，她怎麼可能忘得一乾二淨？怎麼可能想不出來？

我猜，媽媽一定做了什麼讓阿媽生氣的事，所以阿媽才不願提起媽媽，故意把媽媽忘得一乾二淨！既然這樣，我最好不要再多問下去，至於畫圖比賽，我只好自己想辦法了。

吃過晚餐，我把碗筷洗了，餐桌收拾後，一個人坐在門前，一邊聽著四周傳來的蛙鼓蟲鳴，一邊想著我該怎麼完成那張棘手的「我的媽媽」。

想著想著，我想起了昨天做的那個夢。夢中的媽媽曾說「發生了一些事」，和剛才阿媽說的話拼湊起來，我覺得，阿媽和媽媽之間一定發生了一些事，我才會從小沒有媽媽，阿媽才會絕口不提媽媽。

嗯！一定是這樣！至於發生了什麼事，除了我，家裡的大人們應該都知道！

「麗娟，好洗澡囉！」阿媽的聲音響起。

「好，來了！」我停住猜想，站了起來，轉身進到屋裡。

真相

假日，我還是像平常那樣的準時起床，等一下我要去荔枝園幫阿媽的忙——雖然阿媽並沒有叫我去，不過，這已是我多年的習慣了。

吃過早餐，我換了工作服，正準備鎖門，忽然想起那張圖畫紙。老師說，這兩天要把圖畫和短文完成，星期一得交作品。到現在，我連個底都沒有，如果再去荔枝園幫忙，時間就會不夠，星期一哪交得出作品？

想到這裡，我停住鎖門的動作，往門檻一坐，思考著該怎麼辦。忽然，我瞥到掛在牆上阿公的照片，靈光一閃，不由自主的叫著：「對呀！找照片！」

雖然阿媽不告訴我……不是！雖然阿媽說她已經把媽媽的長相忘得一乾二淨，應該有照片吧！我不相信媽媽在這裡生活了一段日子，沒有留下半張照片！

對！去找照片！只要找到媽媽的照片，我就有辦法把「我的媽媽」完成，啊！真是太謝謝阿公的「提醒」了！我倏的站起身子，衝回房間，打開櫥櫃，拿出我的兩本相簿，仔仔細細的找起來。

第一本，大部分是我從嬰兒時期到幼稚園的獨照，其中有幾張是和阿媽，或是阿公的合照，就是沒有「媽媽」的。第二本是上小學以後的，除了獨照，有和阿媽、阿公合照的，還有一、兩張是和姑姑的合照，還是沒有「媽媽」！

奇怪！怎麼可能？媽媽怎麼可能沒留下半張照片？至少有和爸爸的結婚照吧！結婚照？對！結婚照！

我衝進阿媽房間，小心翼翼的翻箱倒櫃起來。

我沒有經過阿媽的同意，就來翻她的櫥櫃，阿媽若是知道了，一定會很生氣，但為了完成那張圖，我實在不得已，為了不被阿媽看出蛛絲馬跡，所以我翻得很小心，翻得不落痕跡。

翻了一會兒，終於被我找到一本舊舊的相簿，我滿懷希望的翻了起來，第一頁沒有，第二頁也沒有，第三頁……眼前看到的照片，不是阿媽，就是阿公，不然就是阿媽和阿公，根本沒有其他的人！我的希望漸漸開始破滅了……

再翻一頁，啊！有其他的人了──一個女人抱著嬰兒的照片出現在眼前，照片中的女人很陌生，我從來沒看過，她應該就是「媽媽」吧！我抽出照片，仔細的看，發現背後有一行褪色的字──麗娟和姑姑！

什麼！照片中的女人是姑姑！她以前是那麼的清秀漂亮，現在卻是這麼的臃腫邋遢……實在差太多了吧！

一陣驚訝之後，隨著而來的是失望──照片中的女人是姑姑，不是

「媽媽」！

把剩下的兩、三頁看完，照片裡不是阿公，就是阿媽，還有阿媽和阿公，連姑姑都沒有再出現。我澈底失望了，小心翼翼的把相簿放回櫥櫃，再不落痕跡的把一切恢復原狀，垂頭喪氣的走出阿媽房間。

為了找媽媽的照片，耽誤了不少時間，我如果再不到荔枝園去，阿媽一定會起疑心，於是我立刻鎖了門，往荔枝園出發。

才走了幾步，一輛機車由遠而近的騎來，上面坐著一個圓圓胖胖的女人——是嫁到隔壁鄉的姑姑。

看到現在的姑姑，再想到照片裡的姑姑，我差點笑出來，但我忍住沒笑，喜孜孜的迎上去，問：「姑姑，你怎麼突然回來了？」

姑姑一邊停機車，一邊說：「母親節快到了，我帶些東西回來，提前幫阿媽慶祝母親節。」

我轉身把門打開，讓姑姑把東西放進屋裡。姑姑把東西放好，問：

「麗娟，阿媽呢？」

「她一早就去荔枝園了。」我說：「我也正打算去呢！」

「好，我們一起去吧！」

去荔枝園的路都是上坡，姑姑人又圓圓胖胖的，走不到幾步，她就停下來喘個沒完，這樣走走停停、停停走走的爬了一段路，姑姑受不了了，一屁股在路邊的石頭上坐下，喘息、休息。

我靜靜的看著姑姑喘息，忽然天外飛來一筆，就把畫圖比賽的事告訴姑姑，並且要求她把媽媽人在哪裡，以及媽媽的長相告訴我。

「可是……阿媽交代我不能說。」姑姑面有難色。

「你說嘛！放心，我保證不會告訴阿媽，」我半撒著嬌。

姑姑看了我一眼，說：「你也長大了，沒有再瞞你的必要。好吧！我就告訴你，但你絕對不能讓阿媽知道喔！」

「我發誓！」我舉起右手。

姑姑說，媽媽是大陸福建人，是爸爸過去把她娶回來的。她一嫁過來，嫌我們這裡是鄉下，環境不好，還要幫忙種荔枝，吵著要回去。由於當時懷了孕，阿公、阿媽勸她把孩子生下來再說。

我出生後，媽媽立刻吵著要離婚，還以「為白家生了個孩子」為由，向阿公、阿媽拿了三十萬元，然後丟下我不顧，就回去福建了。爸爸難過之餘，就……

「爸爸就怎麼了？」

「就去世了。」

「他怎麼去世的？」我好奇的問。

「這個……你還是不要知道比較好。你只要記得是阿媽一手把你養大的就好了。」姑姑停了一下，又說：「阿媽氣你媽媽太絕情，又氣她奪走你爸爸的生命，所以把有關她的東西都燒了，也不願再提起她。」

接著，姑姑又把媽媽的長相描述給我聽。雖然她描述得很詳細，我還是想像不出、拼湊不出，要把她畫出來，還是很難，所以姑姑等於白說。唯一沒有白說的，是我終於知道了真相！

姑姑站起身子，繼續往山上走。走才沒多遠，「麗娟，休息……一下。」的聲音在我背後響起。我轉身看姑姑，她正好背對著我看山下。

看到姑姑的背影，我想到了……

背影

晚上，洗完澡後，我就待在房間裡，拿出圖畫紙，構思著我的比賽作品。

回想起姑姑告訴我的真相，我終於知道了，這個家裡竟然曾經發生過這樣的事，而且還是媽媽一個人造成的；我也終於明白了，為什麼一提到媽媽，阿媽不是立刻變臉色，就是滿口的「那個女人」、「那個女人」，一副充滿怨恨的樣子，原來是媽媽做過讓阿媽生氣的事！

知道了自己這麼「可憐」的身世，照理說，我應該很難過、很傷心才對。可是奇怪，我沒有難過，也沒有傷心，只有一點怪怪的感覺而已。或許是因為我從來沒見過媽媽、沒和媽媽相處過，兩個人之間沒有感情的緣故吧！

雖然我也從來沒看過爸爸、沒和爸爸相處過，說真的，我反而替他感到難過，跑了老婆，丟了性命，弄得「人命兩失」，他才真的可憐呢！

還有阿媽，自從媽媽跑了，爸爸「走」了，她就阿媽兼爸爸、媽媽的把我一手養大，她是我最親的人，我打從心裡敬佩她、感謝她！

上午，在山上看到姑姑的背影後，我就有了靈感，決定要怎麼畫那張圖了。

既然阿媽不喜歡提到媽媽，我也沒見過真正的媽媽，那就以姑姑當模特兒，畫一張想像中的媽媽吧！阿媽若是看到了，應該不會變臉，也

不會滿口的「那個女人」、「那個女人」了。

正要下筆時，阿媽忽然走了進來，問：「麗娟，你從洗完澡就一直躲在房間裡，到底在做什麼？」

「我……沒……做什麼！」我支支吾吾的。

阿媽伸長脖子，大概看到了我攤在桌上的圖畫紙，若有深意的看了我一眼，嘴巴動了動，好像想說什麼，卻又沒有說。

我靜靜的看著阿媽，等著聽她要說什麼。

「你還要不要出去？不出去，我要關門了。」阿媽說。

「我……不出去了。」我答。

「我要去睡覺了，你不要……弄得太晚。」

「不會啦！阿媽晚安！」

阿媽離開後，我重重的吐了一口氣。看剛才阿媽的臉色和表情，我猜，她應該知道我在做什麼，只是沒有道破而已。既然她知道了，心裡又是怎麼想的呢？哎！別管了，還是趕快做我的事吧！

我以姑姑為藍本，畫了一個半身女人的背影。

雖然是以姑姑為藍本，但我刻意的畫瘦了許多——我想像中的媽媽，不像姑姑那樣圓圓胖胖的。我沒見過媽媽，不知道她長得怎樣，所以只讓她露出一點點的側臉；我希望媽媽是年輕的，所以讓她紮了馬尾。然後，把圖畫紙的上下以二比一的比例分開，一幅「媽媽在海邊看落日」的草稿就完成了。

再來，就是上色。我用黑色和咖啡色畫頭髮，衣服塗上鵝黃色；用紅色和橘色畫晚霞，海水塗上藍色，加上一些瀲灩的波光，就大功告成了。

仔細的看了又看，嗯！還真不錯呢！我愈來愈佩服自己的冰雪聰明了！看看時鐘，哇！快十一點了！我已經奮鬥了三個多小時了，趕緊把東西收一收，上床睡覺。

隔天早上起床後，阿媽已經一如往常的去荔枝園了。我吃了早餐，跟著去荔枝園幫忙。

中間休息的時候，阿媽說：「麗娟，你的圖，我已經看過了。你畫的是誰？」

什麼！阿媽看過了！我連忙說：「我畫的是姑姑啦！我把姑姑當成媽媽。」

「姑姑?姑姑有那麼瘦嗎？」

我不好意思的笑笑，沒有解釋——因為我畫的其實是媽媽，而不是姑姑！

「要畫就畫正面，幹麼畫背面？姑姑見不得人呀！」阿媽又說。

我還是笑笑沒解釋——說過了呀！我畫的是媽媽，不是姑姑！

阿媽看我沒說話，像說給我聽，又像自言自語的說：「那個辦比賽的單位也真是的，不知道有些孩子沒有媽媽呀？畫什麼『我的媽媽』！分明是刁難孩子嘛！為什麼不畫『我的阿媽』？」

聽了阿媽的話，我實在很想笑。人家是為了慶祝母親節，才舉辦這項比賽的，為什麼要畫「我的阿媽」？再說，沒有阿媽的孩子可能更多，不是刁難更多的孩子嗎？

回到家，吃過午餐後，趁著阿媽睡午覺，我拿出圖畫，先把不滿意的地方修了修，然後翻到背面，準備寫那一百五十字的短文。我想了又想的想了好久，終於在紙上寫了下來：

「媽媽」，對我來說，是個很陌生、很遙遠的名詞。

從小我就沒有媽媽，也沒見過媽媽，所以只能畫想像中的媽媽，只能畫她的背影。

藍色的海象徵遼闊、憂鬱，代表不知媽媽在哪裡，以及我對媽媽的思念。紅色和橘色的晚霞象徵熱情和希望，代表我對媽媽的愛，還有殷切的期待，期待明天太陽出來後，媽媽會突然出現，讓我可以看到媽媽，讓我當個有媽媽的孩子。

媽媽！不管你在哪裡，祝你母親節快樂！

寫著寫著，那種怪怪的感覺又浮現出來——說不難過，其實是騙人的，多多少少，還是有一點吧！

忽然，外面傳來阿媽的咳嗽聲，我趕緊把圖畫藏起來，藏到一個阿媽找不到的地方，萬一被她看到那篇短文，又要變臉，又要滿口的「那個女人」、「那個女人」了。

走出房間，正好迎面遇到阿媽，她看看我，問：「你沒睡午覺呀？」

我趕緊打個呵欠，伸伸懶腰，說：「有啊！我剛睡醒。」

「下午你不用去荔枝園了，我去就好。」

「喔！好！」我繼續伸著懶腰，心虛的答。

笑

把門鎖好，我邁開腳步，向學校出發。

路上，依舊是農人、高中生、國中生，還有像我這樣的小學生。這條路已經走了不下千百回了，我幾乎可以預測出走到哪裡，會遇到什麼人。想到待會兒可以順利的把圖畫交出去，覺得很輕鬆，走著走著，感覺像快飛了起來一樣。

一陣機車聲從背後傳來，我猜，是郭淑婷她媽媽。機車過去後，我仔細一看，果然不出我所料。郭淑婷說要畫她媽媽騎車載她的樣子，我看著愈騎愈遠的機車，腦子裡浮現一幅「母載女」的圖畫，好像不錯喔！

再往前走一段路，張智誠和他妹妹出現了。我還來不及想什麼，他妹妹就忽然向前撲倒在地上，我「啊」的在心裡叫了一聲。

張智誠兩腳跨在他妹妹身體兩側，彎腰把她扶起來，然後蹲下身子，把妹妹身上的塵土拍掉，嘴巴還不停的動著。

我猜，他若不是問妹妹哪裡痛，就是叫她不要哭。嗯！真是個「好哥哥」呀！這麼好的哥哥，怎麼會被他媽媽打呢——「我可不可以畫我媽媽打我」的聲音又在我耳邊響起。

不久，張智誠牽著妹妹往前移動了，我也跟著向前走。來到教室後，我放下書包，掛好餐袋，像往常那樣的坐著觀看同學的一舉一動。

旁邊的椅子被拉開了，羅雅芝還沒坐下，前座的郭淑婷就轉過頭問：「雅芝，『我的媽媽』你畫好了沒？」

「當然畫好了。」羅雅芝邊放東西邊說。

「你不是去參觀一〇一大樓嗎？怎麼畫得完？」郭淑婷又問。

羅雅芝不以為意的說：「大概畫畫就好了嘛！我又不想拿第一名，也不在乎那一千元。」

是啊！羅雅芝的爸爸是醫生，家裡經濟環境不錯，她當然可以不在乎那一千元，但有人可在乎著呢，像我就是！只是……不知道我畫的「媽媽的背影」有沒有可能得名？

羅雅芝坐下後，開始說她參觀一〇一大樓的心得，什麼高鐵速度很快，坐起來平穩又舒服啦、爬上一〇一大樓，可以俯瞰整個臺北市啦……聽她說得口沫橫飛、活靈活現，郭淑婷瞪大了眼睛，「真的呀」

「好棒喔」「好刺激呀」的不停嚷著。

我坐在旁邊靜靜的聽著，雖然沒有像郭淑婷那樣嚷出來，但我相信，我一定也瞪大了眼睛……不！是眼珠子都快凸了出來！

唉！這就是天鵝和醜小鴨的差別！幸好郭淑婷也是「醜小鴨」，我心裡才稍微「平衡」一點。

上課後，老師原本要收「我的媽媽」，可是她臨時改變主意，要同學拿著圖畫，站到講臺上，讓大家欣賞、觀摩。

同學們一聽，起了一陣大騷動，有人叫「好啊！好啊！」，有人說「不要啦！不要啦！」。可是老師很堅持，非要大家上去不可。既然師命難違，同學們只好一排一排的拿著圖畫上臺。

輪到我這一排時，我站到臺上，剛把圖畫展開，同學們就低聲議論紛紛起來，「不是要畫媽媽？」「白麗娟怎麼畫背影？」……接連傳進我耳裡，我感到全身都不自在。

這時，張智誠忽然大笑：「哈哈！笑死人了！白麗娟畫那個是什麼嘛！」

「張智誠，不要亂說話！」老師制止著。

「本來就是啊！背影那麼簡單，誰不會畫？」

老師再次制止張智誠後，拿過我的畫，看看背後的短文，若有深意的看我一眼，然後把圖還給我。我不知道老師那一眼意味著什麼，但隱隱約約中，我感覺到不是責備，而是……而是什麼，我也說不出來。

接著，輪到張智誠那一排了。他一上臺，把圖畫攤開，教室裡就響起一陣如雷的爆笑聲。為什麼呢？因為張智誠把他媽媽畫得很爆笑！

老師看完張智誠的圖，也忍不住笑著問：「你不是要畫你媽媽打你嗎？」

「我不想破壞我媽媽的形象，也不想我媽媽被人指指點點。」張智誠一本正經的答。

「可是……你畫的這張媽媽，已經破壞了她的形象了呀！」老師指著圖畫說：「就像……就像……」

老師還沒說出口，臺下就迸出了一句「像巫婆」。「巫婆」兩個字剛收音，同學們又是一陣哄堂大笑。

張智誠紅著臉，嘴裡念念有詞的，一副很不爽的樣子。下臺後，他還一直瞪著那個說「像巫婆」的同學，繼續念念有詞著。

這個張智誠，以往畫的圖不是「土石流」，就是「颱風過後」，現在又把他媽媽畫成了「巫婆」，他媽媽如果看到這張圖，不氣個半死……不對！不活活把他打死才怪呢！

剛才，他竟然還敢嘲笑我的作品！哼！真是馬不知臉長、猴子不知屁股紅！

早上，郭淑婷問羅雅芝「『我的媽媽』畫好了沒」時，羅雅芝不是說「大概畫畫就好了」嗎？看她剛才拿出去的圖，一點也不像「大概畫畫」——她畫了一個護士在幫小孩打針，護士臉上還帶著親切的笑容……喔！原來羅雅芝的媽媽是護士呀！護士媽媽嫁給醫生爸爸，嗯！真是天造的一雙、地設的一對呢！

下課後，羅雅芝問我：「麗娟，你怎麼只畫你媽媽的背影？」

我本來不想說，但看在羅雅芝向來對我不錯的分上，我低聲說：

「我……沒有見過我……媽媽，我不會畫，所以……」

「我明白了。」羅雅芝點著頭：「你畫得很棒！很有創意！」

很棒！很有創意！真的嗎？羅雅芝該不會是要安慰我吧！

荔枝和牛排

開始採收荔枝了，阿媽也開始忙碌起來。

採收荔枝是一件很繁瑣、很辛苦的工作，長在低處的還好，只要一伸手，就可以折下來。長在半高不高的，得豎起梯子，爬到梯子上去折。

至於長在樹頂的，就要拿一根長竹竿，在竿尾開一個「Y」字形的叉，用叉夾住要採的荔枝，然後轉動竹竿，把荔枝折斷下來。這種方法最吃力了，若沒有強而有力的臂力，只要轉個兩次，手就會痠到舉不起來。

阿媽的年紀大了，沒有辦法轉動竹竿採荔枝，所以她請了兩個讀夜校的工讀生來幫忙。那兩個工讀生去年就來幫忙過，阿媽一通電話打過去，他們立刻就來了。

荔枝採下後，用「噗噗車」運回家裡，去掉多餘的枝葉，稍微整理整理，裝進紙箱裡，封箱後，再交給貨運行，送到各地的青果市場或是批發商。

每年採收荔枝時，只要是假日，我也會去荔枝園幫忙，雖然能幫的忙很有限，不過，這是我的心意，也是我的義務和責任。

荔枝在整理時，總會有一些掉落下來的「零頭」，那些「零頭」不是讓工讀生帶回去，就是留著自己吃，吃到我連打嗝吐出來的氣，都充滿了濃濃的荔枝味。不知道我流的汗、排的尿有沒有荔枝味，如果有，那真的是一件很誇張的事！

記得我說過，等採收荔枝，要送一些給羅雅芝。昨晚幫忙整理荔枝時，我徵得阿媽的同意，捆了兩大把荔枝，裝進塑膠袋裡，打算送給羅雅芝。

早上，我背上背著書包，左手提餐袋，右手提荔枝，走在去學校的路上。偶爾，有人對我投以疑問的眼光，我猜，他們一定是想：這個女孩怎麼了？上學幹麼還帶荔枝？難道要上學兼作生意嗎？

雖然我知道荔枝是要送人的，但看了那些人的眼神，還是感到很彆扭，不知不覺的加快了腳步。來到教室後，我把塑膠袋藏在桌底下，放下書包，掛好餐袋，眼睛盯著門，等著羅雅芝到來。

不久，羅雅芝出現了。我行注目禮般的看著她走過來，然後伸手提

起塑膠袋，正想開口說話，前座的郭淑婷轉過頭來，叫了聲「雅芝」。我知道，她又要和羅雅芝講話了，只好把塑膠袋放回去。

「星期日不是母親節嗎？我爸爸說要請我阿媽和全家去餐廳吃大餐，他已經訂好桌了喔！」郭淑婷說。

吃大餐？哇！好好喔！我都沒這個機會呢——上星期，姑姑已經提前回來幫阿媽慶祝母親節了。

「真的呀？很好啊！」羅雅芝淡淡的說。

「你呢？你們家有什麼慶祝活動？」郭淑婷問。

「我奶奶住在臺北，所以我們要去臺北。」羅雅芝說：「我爸除了要送奶奶一個大紅包，還要請她去一〇一大樓上面的餐廳吃牛排。」

一〇一大樓！又是一〇一大樓！一〇一大樓真的有這麼迷人嗎？

還有牛排，從小到大，我只吃過牛肉乾、牛肉口味的泡麵，以及在電視廣告中看過牛排，別說沒吃過，連牛排要怎麼吃，我都不清楚。聽羅雅芝說要去吃牛排，我想，我的眼珠子大概又凸了出來！

羅雅芝說完，郭淑婷也許覺得被比了下去，沒再繼續說什麼，默默轉過頭去。

郭淑婷真傻，明明知道羅雅芝家裡有錢，還要跟她比來比去，真是自討沒趣嘛！像我，多聰明，我從來不在羅雅芝面前說什麼，所以從來不會自討沒趣！

才剛想完，卻發現我錯了，桌底下那些荔枝呢？送給羅雅芝，萬一她不收，我不也自討沒趣嗎？可是，既然都帶來了，總得試一試，於是，我提起塑膠袋，說：「雅芝，這些荔枝是我阿媽種的，剛採下來的，送給你。」

「送我？為什麼要送我？」羅雅芝看著荔枝問。

「謝謝你呀！」

「謝我？我有什麼好謝的？」

「上次你生日時，多給我一塊蛋糕。還有我發燒時，你幫我報告老師……」

我還沒說完，羅雅芝就說：「喔！那些事呀！只是舉手之勞嘛！你幹麼一直放在心上？」

「還有，我發燒時，去你家的診所看病，你爸爸沒有收我的掛號費，所以……有些是要給你爸爸的。」

「給我爸爸的？那我就非收下不可了，謝謝！」羅雅芝邊說，邊接

過塑膠袋。

看羅雅芝接過塑膠袋，我偷偷吐了一口氣，因為她沒有讓我自討沒趣！

羅雅芝扯下一顆荔枝，剝了殼，放進嘴裡，嚼了兩下，說：「嗯！又甜又多汁，好好吃喔！」

「真的呀？」我問。

「當然是真的！你阿媽種荔枝的技術好棒喔！真的很好吃。」說完，羅雅芝又剝了一顆放進嘴裡。

看到羅雅芝吃得津津有味的樣子，我不由得笑了——她不但沒讓我自討沒趣，還誇讚阿媽種荔枝的技術很好，我能不笑嗎？

上課後，老師講著講著，竟然講到有一年母親節，他們全家去吃牛排，她的阿媽不會使用刀叉，嚷著要服務生送筷子的趣事，逗得全班哈哈大笑。

我也跟著笑，笑完，突然想到：我這輩子還沒吃過牛排，如果有一天，也去吃牛排，同樣不會使用刀叉呀！是不是也要叫服務生送筷子？還有阿媽，她這輩子大概也沒吃過牛排，如果去吃，應該也不會使用刀叉吧！

想到這裡，我決定等我長大會賺錢後，帶阿媽去吃牛排，就我和她兩個人去，兩個人都不會使用刀叉，只能你笑我，我笑你，旁人都不知道，這樣，就不會出糗了。

第一名

一個星期過去了，又到了星期五。每到星期五，總可以聽到這個同學說，他們要去哪裡玩；那個同學說，他們有什麼活動。說起來，還真羨慕人呢！

到了星期五，我的感覺和平常沒什麼兩樣，尤其是今天，雖然接下來有兩天假日，但我要去荔枝園幫忙採收荔枝，反而會更忙、更累！

第一節上課後，老師一進教室，就笑容可掬的說：「我要向大家宣布一個好消息！」

同學們一聽，七嘴八舌的問：

「是什麼好消息？」
「老師要請客嗎？」
「老師，你快說啦！」
老師環顧教室一周，說：「上次不是叫你們參加『我的媽媽』圖文比賽嗎？成績揭曉了，我們班有人得獎喔！」
「是誰？」
「羅雅芝一定有！」郭淑婷說。
「一定不是我！」張智誠說。

同學們繼續七嘴八舌。老師叫大家安靜後，說：「羅雅芝得到全鄉第三名！」老師一宣布，教室裡揚起一陣掌聲，「我就知道是羅雅芝！」「羅雅芝好厲害喔！」跟著響起。

我轉頭看看羅雅芝，她正微微笑著。是呀！她本來就會得名，也本來就該笑，能得到全鄉第三名，真的很不容易！

「還有，白麗娟得到全鄉第一名！」

老師的「名」講完，教室裡突然靜下來，三、四秒後，有掌聲響起，也有「怎麼可能？」「白麗娟竟然得第一名！」傳來，更有人用質疑的眼光向我看來。我感到一陣不知所措，不好意思的低下頭。

第一名！全鄉第一名耶！是做夢嗎？連我自己也不敢相信，偷偷的捏了一下大腿，哇！好痛！果然是真的，不是做夢！

老師說：「白麗娟畫的雖然和大家不一樣，但很有創意，而且她的短文寫得很好、很感人，這應該是她得到第一名的原因。」

「老師！」張智誠開口了：「那……我呢？我有沒有……得名？」

老師看看張智誠，笑著說：「你……很抱歉，沒看到你的名字。」

張智誠一聽，露出失望的表情，一屁股坐了下去。

老師把我和羅雅芝叫出去，各給我們一張頒獎邀請函，叫我們找媽媽一起出席，明天上午八點半到鄉公所禮堂報到、參加頒獎典禮。

回座位後，我的心立刻分成兩半，一半高興，一半煩惱，高興的是，我終於得了個第一名，可以去領獎；煩惱的是，我沒有媽媽，怎麼找媽媽一起去？對呀！明天若是姑姑回來，請她代替媽媽陪我去！可是，萬一姑姑沒有回來呢？那就……只有找奶奶去了，哎！就這麼決定吧！

下課後，羅雅芝對我說：「麗娟，我就說嘛！你畫得很棒、很有創意，恭喜你得到第一名。」

「啊！謝……謝謝你。」我不知所措的說。

張智誠靠了過來，先用不屑的眼神看我一眼，接著就嘰哩呱啦起來，什麼我的畫很幼稚啦、評審沒有眼光啦……說得我很尷尬，不知如何是好。幸虧旁邊的羅雅芝挺身而出，劈里啪啦的頂過去，什麼不自量力啦、狗眼看人低啦……把張智誠說得無地自容，「夾著尾巴」就跑了。

我第一次見識到羅雅芝的「恰北北」，也很感謝她幫我解圍，沒有她的挺身而出，我真不知會怎麼樣！還有張智誠，他把他媽媽畫成「巫婆」，竟然也想得獎！若是他得獎了，評審才真的沒有眼光呢！虧我一直說他是「好哥哥」，哼！我決定把對他的誇讚收回來！

好不容易捱到放學，出了校門後，我不管郭淑婷有沒有跨上她媽媽的機車後座，也懶得管張智誠有沒有牽他妹妹，邁開步伐，就往家的方向走。我走得很興奮、很雀躍，沒多久的工夫，就走回家門前。

門上，依舊掛著一把鎖，阿媽還在荔枝園裡。我開了門，喝了幾口水，拿出作業來寫——等一下阿媽回來後，我還要幫忙整理荔枝呢！

「噗噗車」的聲音由遠而近傳來，阿媽回來了，我迎了過去，想告訴阿媽，我得了第一名。阿媽和兩個工讀生忙著把車上的荔枝卸下來，這時候告訴她，她一定無心聽。我把話吞了回去，幫忙卸荔枝。

晚餐時，我吃了幾口飯後，說：「阿媽，我畫圖比賽得到全鄉第一名，明天上午要去鄉公所領獎。」

「第一名？很好啊！是上次畫得不像姑姑的姑姑那張嗎？」阿媽邊吃邊問。

「嗯！邀請函上面規定，要有……大人陪著去領獎。阿媽，你明天能不能陪我去？」

阿媽嚥下嘴裡的飯菜，看我一眼，說：「還有很多荔枝沒有採收，我明天還要去採。領獎……你自己去吧！都這麼大了。」

聽了阿媽的話，我的心忽然涼了一半。規定要有媽媽陪同的呀！我原本就沒有媽媽了，現在連阿媽都不能陪我去，該怎麼辦呢？

會不會因此而被取消第一名的資格？不行！我好不容易才得到個第一名呢！看來，我只有把希望寄託在姑姑身上了，希望她明天會回來！

晚餐後，那兩個工讀生要到夜校上課，先回去了，剩下我和阿媽兩個人整理荔枝。堆得像小山似的荔枝，只有我和阿媽兩個人，要整理到什麼時候？我沒有想，也不敢想！

坐在矮椅上，一把一把的去枝、去葉，一把一把的放進紙箱裡，然後用膠帶把箱子封好。偶爾，我撿起地上的「零頭」，剝了殼，塞進嘴裡……

一個人

想著要去領獎，實在太興奮了，我不但整夜沒睡好，一大早，沒等鬧鐘響，我就自動醒來了。走出房間，正好迎面遇到阿媽——早上能看到阿媽，真的是一件很難得的事。

「麗娟，你這麼早起來做什麼？」阿媽顯得很意外。

「我……睡不著。」我不好意思的說。

「要去領獎，很興奮是不是？」阿媽笑著說。

「嗯！」我猛點著頭。

「鄉公所離我們這裡不遠，八點半報到，八點出發就可以了。」阿媽說：「早餐在桌上，自己去吃。還有，出門時記得把門鎖好，我去荔枝園了。」

「好，阿媽再見！」

「噗噗車」的引擎發動後，阿媽出門了，看著她的背影，我開始擔心了——阿媽要採收荔枝，不能陪我去，我的希望全在姑姑身上，萬一姑姑沒回來，我不就要一個人「單刀赴會」？

吃了早餐，換好衣服，我站在門口等著機車聲傳來，等著姑姑出現。時間一分一秒的過去，就是沒見到姑姑的人影，最後，時針指到「8」了，姑姑還是沒出現，我徹徹底底的失望了，悻悻然的把門鎖上，一個人往鄉公所出發。

不是上學的日子，路上除了幾個下田、到果園工作的農人，高中生、國中生，以及像我這樣的小學生，都不見了蹤影。

我獨自走著，想到別人都有媽媽陪同出席，我卻是孤孤單單一個人，腳步好像愈來愈重了，不過，我還是一步一步的向前走。

來到鄉公所的禮堂，我東張西望了一會兒，看到兩張並排的桌子前，圍了很多人，猜想，那裡應該是報到處，就小心翼翼的走過去。沒錯！果然是報到處，許多得獎著正排隊報到，我也跟著排起來。

輪到我時，工作人員問：「小朋友，你是來領獎的嗎？」

「嗯！」我點點頭。

「好，先找你的名字，然後在名字後面的空格簽名。」

我眼尖，一眼就找到我的名字，拿筆在後面的空格寫上「白麗娟」三個字。

「請媽媽在這裡簽名。」工作人員指著另一個空格說。
我愣了一下，說：「我沒有……我媽媽沒來。」
「媽媽沒有來呀？那……好吧！沒來沒關係。」工作人員說完，給了我一朵康乃馨，吩咐另一個工作人員帶我去找座位。
我坐在椅子上，左看看，右看看，沒有一個是我認識的人，頓時，孤單、無助的感覺又冒了出來。羅雅芝出現了，看到她，我像看到親人一樣，向她揮揮手後，孤單、無助的感覺少了許多。可惜她的座位和我有點距離，不然，孤單、無助的感覺會更少。
頒獎典禮開始了，由六年級組先上臺。我坐在臺下，看著臺上的人領獎。
什麼！除了領獎，第一名要朗讀自己寫的短文！更讓我震撼的是，得獎者還要把康乃馨送給媽媽！原來，剛才工作人員給我的康乃馨，是要送給媽媽的！那……待會兒我要怎麼送？

我還沒來得及想出個所以然，司儀就唱名了：「接著頒發五年級組，第一名白麗娟，第二名……」我在一陣震撼中，渾渾噩噩上了臺。

從鄉長手中接過獎狀、獎金後，「現在請媽媽站到小朋友旁邊」響起，接著，司儀補了一句「喔！少了一位媽媽……第一名白麗娟小朋友的媽媽請上臺。」

媽媽？我沒有媽媽呀！怎麼上臺？我看看司儀，看看臺下，不知怎麼辦才好。

「第一名白麗娟小朋友的媽媽請上臺。」司儀又說了一次。我一急，一慌，忍不住哭了起來。羅雅芝看到了，靠到司儀身邊，低聲咬起耳根。

司儀點點頭，繼續說：「請小朋友把手中的康乃馨送給媽媽，謝謝媽媽養育我長大，祝媽媽母親節快樂。」

我本來就在哭了，看到別人把康乃馨送給媽媽，我卻孤零零的站在臺上，沒有人可以送，再聽到司儀說「謝謝媽媽養育我長大」，一時觸景生情，淚水就像潰了的堤防，大肆氾濫起來。

送完花，司儀似乎沒察覺我在傷心流淚，繼續報告：「請第一名白麗娟小朋友朗讀她的文章。」

朗讀文章？我都已經哭得上氣不接下氣了，哪有辦法朗讀文章？羅雅芝靠到我身邊，問：「麗娟，你有沒有辦法讀？」

我搖搖頭。

「要不要我幫你讀？」

我還是搖搖頭。

「好，我幫你去告訴司儀。」羅雅芝說完，就走開了。

一會兒，司儀說：「各位現場來賓，白麗娟小朋友現在情緒很激動，沒辦法朗讀她的文章。我在這裡告訴大家，她的文章寫得很棒、很感人，評審看了都很動容，因此一致評定她為第一名。請大家用掌聲給白麗娟小朋友鼓勵、打氣。」

司儀一說完，臺下立刻響起如雷的掌聲。在掌聲中，我矇矓著雙眼，渾渾噩噩的下了臺。回到座位，我依然哭泣著，我想，一定有很多人用異樣的眼光看著我，他們越看，我越是難過，哭得也越凶。

羅雅芝和她媽媽靠了過來，先「麗娟，別哭了！」「得第一名應該高興呀！」的安慰我，再一人牽一隻手，把我帶到禮堂外。

出了禮堂，羅雅芝和她媽媽繼續「麗娟，別傷心了！」「聽阿姨的話，把眼淚擦掉。」的安慰著。只是，她們越安慰，我越難過，淚水越是停不下來。

忽然，我把頭埋進羅雅芝她媽媽的懷裡，哭嚷著：「阿姨，我要媽媽！我要媽媽！」

羅雅芝的媽媽沒有說話，一直拍著我的背。隱隱約約中，我彷彿聞到一股媽媽的味道……

放在心裡

第一次坐「專車」回家，照理說，應該很興奮才對，但我仍被剛才頒獎典禮的悲傷籠罩著，所以一點也興奮不起來。

羅雅芝靜靜的坐在我旁邊，她的媽媽也靜靜的開著車，兩個人都沒有說話。我猜，她們所以沒說話，可能是找不到和我有關的話題，也可能怕談到讓我觸景傷情話題，乾脆來個三緘其口，以免「禍從口出」。哎！真是不好意思，也真是難為她們了！

不一會兒，快到家了，我連忙說：「阿姨，你在前方路口放我下車就好了。」

「我送你到家門口。」羅雅芝的媽媽說。

「阿姨，不用了，去我家那條路很窄，不好倒車，到路口就好了。」

羅雅芝的媽媽停了車，我把車門打開，下車前，說：「阿姨，謝謝你送我回來，還有剛才……很對不起。」

羅雅芝的媽媽笑笑說：「別放在心上，希望你……快快樂樂的過每一天。」

我點點頭，又對羅雅芝說：「雅芝，謝謝你剛才幫了我很多忙，還有……」

我還沒把想說的話說出來，羅雅芝就笑著說：「搶了我媽媽的懷抱，對不對？沒關係，我是個很大方的人。」

聽羅雅芝這麼說，我安心多了，向她們母女道聲再見，就把門關上，行注目禮似的目送車子離開。

看著車子愈來愈遠，我憶起了羅雅芝她媽媽懷裡那股媽媽的味道，那是一股多麼溫暖的味道呀！

早知道頒獎典禮上會安排送康乃馨給媽媽的活動，我就不要得第一名，也不至於淚灑現場，唉！為什麼沒有媽媽的事，會發生在我身上？

回到家，門上依舊掛著一把鎖，我開了門，進到房間，把獎狀放在桌上，再把裝著一千元獎金的紅包袋藏在枕頭下，然後從冰箱拿出兩小塊冰塊，敷在眼睛上——剛才哭得太傷心，眼睛是紅的，不敷一下，待會兒阿媽看到了，一定會問東問西的，我又得找理由解釋。

把門鎖上，我往荔枝園出發，這一次，我故意走得很慢。之所以走得慢，不是我偷懶，而是想平復一下剛才激動的心情，還有讓我的「紅眼睛」變白，才不會讓阿媽看出端倪。

來到荔枝園，找到阿媽和工讀生工作的地方，我什麼話也沒說，動手把工讀生採下來的荔枝放到「噗噗車」上。

阿媽發現我，意外的問：「麗娟，你怎麼不聲不響的就出現了？領完獎了？」

我故意背對著阿媽，邊整理荔枝邊答：「對呀！領完了。」

「好不好玩？」阿媽問。

我本來想說「不好玩」，但怕阿媽追問原因，應付著說：「就上臺領獎而已呀！還好啦！」

阿媽聽了，大概也覺得「還好」，沒再多問什麼，繼續採她的荔枝。

那兩個工讀生聽說我參加畫圖比賽得了第一名，先左一句你好棒、右一句你真厲害的誇讚後，其中一個說：「我讀小學時，老師都說我畫的圖慘不忍睹，常常把我的圖拿出去當笑話講。」

啊！那不就和張智誠差不多？張智誠的「土石流」和「颱風過後」也是慘不忍睹呀！我偷偷笑了起來。

「你那個算什麼？」另一個工讀生說：「我讀小學時，我畫的圖老師看都不看，就直接給我打六十分，因為他看不懂我畫什麼。」

聽完，我實在忍不住了，放聲大笑起來。這一笑，把之前的悲傷感都笑走了。

中午，我和阿媽回家吃午餐。至於那兩個工讀生，阿媽說，他們來

幫忙採收荔枝，已經很辛苦了，怕我們吃的粗茶淡飯虧待了他們，所以直接給錢，要他們去鄉裡吃好料的。

我和阿媽相鄰而坐，一起吃午餐。吃著吃著，我忽然想起了，放下碗筷，衝回房間，拿出枕頭下的紅包袋，回到餐桌上，說：「阿媽，這個給你，祝你母親節快樂。」

阿媽看看紅包袋，說：「還沒有過年，你給我紅包做什麼？」

「不是啦！」我連忙解釋：「這是畫圖比賽第一名的獎金。」

阿媽聽完，看看紅包袋，又看看我，說：「這是你比賽得來的，你留著吧！」

「阿媽，你拿去啦！這是我送你的母親節禮物耶！再說，我留著也沒地方花，你拿去啦！」說著，我把紅包袋塞進阿媽上衣口袋裡。

阿媽用手按住口袋，又看了我一眼，說：「好吧！算我暫時替你保管。」

又吃了兩口飯，阿媽叫我把獎狀拿出來，待會兒她要把它掛在牆上。

我想到獎狀上寫有「我的媽媽」四個字，怕阿媽看了後，又要變臉色，又要滿口的「那個女人」「那個女人」，就以「只有一張獎狀太少，等我拿了很多以後再掛」為由，堅持暫時不要掛。

阿媽覺得我說的有理，也就同意了。哎！想不到阿媽這麼好騙，隨便撒一個謊，就被我唬弄過去了。

吃過午餐，阿媽叫我留在家裡，下午不用去荔枝園。

阿媽出門後，我回到房間，看著獎狀發呆。這是我這輩子第一次得到的大獎，領獎的過程充滿著波折，尤其畫的是「我的媽媽」，說起來，是很有紀念性的。可是，這個媽媽只是想像的，也不怎麼值得紀念……

想著想著，我把獎狀藏到櫥櫃的最底層，想到的時候，再翻出來看看。至於，「我的媽媽」……就把她放在心裡吧！

國家圖書館出版品預行編目資料

媽媽的背影／李光福文；徐建國繪．--初版．
--臺北市：幼獅，2016.01
面；　公分. --（故事館；39）
ISBN 978-986-449-026-4（平裝）

859.6　　104025600

・故事館039・
媽媽的背影

作　　者＝李光福
繪　　圖＝徐建國
出 版 者＝幼獅文化事業股份有限公司
發 行 人＝李鍾桂
總 經 理＝王華金
總 編 輯＝劉淑華
副總編輯＝林碧琪
主　　編＝林泊瑜
編　　輯＝周雅娣
美術編輯＝李祥銘
總 公 司＝(10045)臺北市重慶南路1段66-1號3樓
電　　話＝(02)2311-2832
傳　　真＝(02)2311-5368
郵政劃撥＝00033368

門市
・松江展示中心：(10422)臺北市松江路219號
電話：(02)2502-5858轉734　傳真：(02)2503-6601

印　　刷＝祥新印刷股份有限公司
定　　價＝250元
港　　幣＝83元
初　　版＝2016.01
書　　號＝986272

幼獅樂讀網
http://www.youth.com.tw
幼獅購物網
http://shopping.youth.com.tw/
e-mail:customer@youth.com.tw

行政院新聞局核准登記證局版臺業字第0143號